고요의 냄새

소금북 시인선 · 11

고요의 냄새

임동윤 시집

소금북
sogeumbook

┃임동윤

- 1948년 경북 울진군 금강송면에서 태어나 춘천에서 성장했다. 1968년 강원일보 신춘문예에 시로 등단한 후, 1992년 문화일보와 경인일보에 시조로, 1996년 한국일보에 시로 당선하였다.

- 시집으로 〈연어의 말〉〈나무 아래서〉〈함박나무 가지에 걸린 봄날〉〈아가리〉〈따뜻한 바깥〉〈편자의 시간〉〈사람이 그리운 날〉〈고요한 나무 밑〉〈풀과 꽃과 나무와 그리고, 숨소리〉〈고요의 그늘〉등 15권이 있다.

- 녹색문학상, 수주문학상, 김만중문학상, 천강문학상을 수상했으며 한국작가회의, 가톨릭문인회 회원이자 표현시 동인으로 활동하고 있다.

■ 전자우편: ltomas21@hanmail.net

코로나로
견뎌온 시간만큼
우리는 무관심해졌다

잘 보이던 모서리도
마냥 닳아버렸다

바람 많은 저녁이다

대숲에 누워
다시, 견뎌내고 싶다

| 차례 |

| 시인의 말 |

제1부 코로나 장례

제2부 덤불

제3부 어느 봄날

제4부 꿀밤

시인의 에스프리 | 임동윤

제 **1** 부

코로나 장례

무덤

무덤은 이승의 마지막 휴게공간
날마다 춥고 축축이 젖은 자를 부른다

눈보라 치는 날에도 하나 춥지 않다
폭풍우 치는 날에도 하나 젖지 않는다

다시, 4월

한 포기 풀꽃으로 나는 울었다
그 바다에서 들려오는 울음 때문에
밤늦도록 흔들흔들 모로 누워서 울었다

부를 수 없는 이름이어서 울었다
만날 수 없는 얼굴이어서 울었다

어제는 비에 젖어 울다가
오늘은 바람 불고 더욱 서러워져서 울었다
내일은 흔들흔들 가슴 저미며 울 것이다

물봉선으로 울고 큰방가지똥으로 울 것이다
개불알꽃으로도 현호색으로도 울 것이다

샐비어같이 붉디붉은 4월
풀꽃이 풀꽃에 기대어 스스로 울듯이
바다는 아침까지 해와 달을 부르며 울고
마냥 아픈 나는 한 달 내내 울었다

송진

하늘로 솟구치기 위한
저것은, 나무가 흘리는 피

물 한 모금 찾아
바닥으로 촉수를 내리는
목마름과 비바람을 몸으로 견디는
몸 깊은 곳 알록달록 문신을 새기는

저것은, 어머니의 정갈한 피
종아리마다 검붉게 부풀어 오르던
우리 육 남매가 빨아먹은 피
눈 밑 퍼렇게 문신으로 새겨졌던

검버섯 허공에 핀 굴피나무처럼
저것은, 하나의 열매를 위한
나무가 흘리는 피
내가 빨아먹고 산 어머니의 피

바람 많은 날

대나무숲에 가서 누워보아라

ㅎㅎ, ㅋㅋ, ㅊㅊ…
몸으로 우는 소리 들을 것이다

처음엔 알아듣지 못해도
조금씩 무게를 내려놓으면
금세 눈치챌 수 있을 것이다

내려놓거라, 서로
등 기대며 손잡거라

우듬지끼리 화답하는 소리
부딪치면서 서로 화음이 되는
저 말씀과 말씀 사이

그렁그렁 들려주는, 서로
등 기대고 손잡으라는 소리

죽은 어부의 말

가장 낮은 자세의 출항이면서
나는 스스로 높은 곳을 배반하지
높은 곳에는 순결한 기쁨이 없기 때문이지
기쁨은 높은 곳에서보다 낮은 곳에 있지

가장 낮은 자세로 양망하면서
나는 낮은 곳에서 희망을 보려고 하지
높은 곳에서의 소망은 소망이 아니야
눈물이 없는 소망은 희망이 아니야

가식이 가식을 낳는 곳에선 소망이 없어
가장 낮은 자리에서 간절히 기도할 때
희망은 고요하게 은밀하게 오는 법이야
항상, 가장 낮은 자세로 귀항하면서

그렇게 저녁이

한때는 반짝이는 시간이 넘쳐났었다
푸른 물굽이로 흘러가면서 눈부셨던 것들
이를테면, 사랑 혹은 눈물이라든가
말할 수 없는 비밀이라든가, 그렇게
자작나무숲에 열리는 별처럼 아름다웠다

그 끝의, 동굴의 시간은 너무 길었고
태풍처럼 거대했고 햇살 좋은 날보다
비바람 부는 날이 더욱 자주 찾아왔다
그렇게 강물은 흘러갔고
귀밑머리 희끗희끗 밑뿌리를 드러낼 때까지
아는 것도 모른 척하며 살아야 했다

나는 썩은 고기들만 낚아 올렸다
그때마다 수없이 저녁이 왔다
너무 짧은 하루가 강어귀로 사라졌다
눈을 들고 바라보는 것들이 많아지면서
모가지는 점점 길어졌지만

끝내 봄은 오지 않았다

이제 강물은 더 흐를 곳이 없어졌다
그렇게 저녁이었다

코로나 장례

예기치 않게 멈춰진 시간을 싸매듯
차가운 비닐에 친친 동여 메인 주검
유족들만 멀찌감치 바라보고 섰다

접근금지!
얼굴도 팔다리도 없이 주검만 누워있다
운구되는 관을 잡아보지도 못하고
멀거니 따라가는 발걸음만 천근만근 무겁다

메마른 울음이 이리저리 왔다 갔다 하며
밀물처럼 밀려왔다가 썰물처럼 빠져나간다
안으로 고인 울음은 침묵처럼 잠겨 있다가
때때로 폭포처럼 와르르 쏟아지기도 한다

가뭄에 쩍쩍 갈라진 답답한 가슴이
흰 천으로 싸인 주검이
그 어떤 울음도 허락되지 않는다는 듯
염습 없이 관속으로 들어간다

오직 복면의 얼굴로 관속 누웠으므로
저 주검은 고통도 들킬 일이 없을 것이다
욕망도 눈물도 벗어던진 초라한 죽음
장례지도사가 한 주검을 운구차에 싣는다
주검은 고요하고 이제 냄새조차 없다

꽃의 뒤편

아름다운 꽃과 꽃 사이
간혹 그늘이 웅크리고 있다

송곳 같은 흉계를 숨긴
숨 멎는 향기와 눈부심으로 위장한
누구 하나 함부로 대할 수 없는

햇살에 드러나는,
누가 아름다움과 눈부신 향기를
저 그늘 속 깊이 숨겨 놓았는가?

아는가,
얼굴 저편에 가면을 쓴 그늘이 숨어있음을
저리 보드라운 얼굴을 살펴다오
그 향기에 취해서 마냥 놀다가
화들짝 놀라면 그때는 이미 늦는 것을

꽃과 꽃 사이, 그늘이 있다
아름다운 향기의,
저 부드러운 입술 뒤에

풀꽃에 풀잎에

바닥에 닿는 순간 길을 지운다
이제 나는 한 줌 먼지다

풀잎에 누워서 나는 기다린다
절명의 한순간, 소리 없는 최후를
아침 햇살에 빛나면서도 몸을 말린다

수정보다 맑고 찬 몸
보이지 않는 나는 유리알이다
알맞은 수분의 눈빛으로
늘 햇살과 바람에 맞선다

그때마다 몸은 은빛이다
풀썩, 떨어진 자리, 길이 저문다

풀잎에 풀꽃에
짧게 입맞춤하는 아침
세상은 여전히 눈 감고 있다

이 여름 초록 가지를

내가 던진 말들이
푸른 가지를 흔들리게 한다면
든든하지만 귀가 미욱한 나무여
내 입술은 가볍고
너무 바람에 자주 흔들거려서
미안하다, 나무여
내가 함부로 지껄인 말이
단단한 너를 흔들리게 한다면
때때로 우리 사이가
민들레 홀씨같이 허공을 날아가
한 자루 날카로운 비수가 된다면
차라리 이 가벼운 입을 봉해야 하리
다시, 여름은 깊고
내가 던지는 말들의 무성함으로
활활, 말의 성찬만 벌이는데
너의 어깨에 얹히는 나의 말들
부디 따뜻한 체온으로 얹히기를
너에게서 가서

선명한 빛깔의 바람이 되기를
바라본다, 이 여름 초록 가지를

안개

지느러미 파닥이는 소리가 들린다
은비늘 날개를 씻는 듯한,
비린 냄새가 물결을 타고 피어오른다
물밑에서는 무슨 일이 일어나고 있는지
아무도 모른다
보이지 않는 것을 말하는 것은 죄
들리지 않는 것을 말하는 것은 죄
안개를 집어삼키는 바다의 군무
나는 아무것도 할 수가 없다
울컥, 두려움이 가슴을 치는
한 치 앞도 보이지 않는 이곳은 맹인의 나라
그물도 부표도 보이지 않는다
물고기들만 스멀스멀 몰려든다
마스트에 켠 등불도 지워진다
어디서 여인의 울음소리가 들리는 것 같다
내일을 점칠 수 없는 이 불운
문득, 내 안에서도 안개는 꿈틀거린다
쓰린 가슴을 쓸어내린다

울컥, 바다가 주르르 흘러내린다

고요의 바닥

온몸 찢기도록 자갈밭을 고르고
지느러미 넝마 되도록 누울 자리 고르는,
제 몸 갈가리 찢긴 것도 돌보지 않고
자갈밭 길 배를 깔고 올라가는 연어들

저들을 볼 때마다 국망봉 산기슭에 터를 잡은
그렁그렁 눈물 흘리는 어머니가 보인다
꼬물거리는 자식들 거두느라고
거친 물살 거슬러 오른 어머니의 끝이 보인다

턱 돌아가도록 몸부림친 상처투성이 몸
또 다른 물고기의 먹이로 뜯어 먹힐 때까지
물보라에 둥둥 배 까뒤집고 죽는
성한 몸이 없이 텅텅, 끝장이 나는 몸

곡 해줄 자식 하나 없이도
먼 강물 속으로 둥둥 떠내려가는
혹은 바닥으로 가라앉는 어미의 최후

먼지의 이력

축축한 바짓가랑이 벽에 걸려있다
한 포기 잘 절인 배추로 걸려있다
바람에 부대껴온 주소가 올을 엮고 있다
창백한 달빛이 따라와 할딱거리는 주머니 속
철 지난 몇 개의 고지서와 거스름돈 몇 닢
잠들지 못하고 쌓여만 가는 파지들
안쪽을 구겨야 바깥쪽을 펼 수 있는,
헛바퀴의 날들이 머리맡에서 늙어가고 있다
와와, 밀려드는 높은 파고의 물보라
추운 어제가 가랑이에 달라붙어 눅눅하다
다시 아침이 유리창에 내걸리면
스팀다리미로 반듯한 길을 낼 수 있을까
그 반듯한 주소의 길을 만들 수 있을까
풍선 같은 만원 전철에 실려
저 왁자한 바다로 무임승차 할 바짓가랑이
지금 펄럭펄럭, 젖은 주소를 말리고 있다

화장로 앞에서

한 줌 뼛가루가 되기 위해
섭씨 800도 화장로에 몸을 태운다
울창한 나무였던 젊음은 가고
말라붙은 살아 삐걱대는 뼈들아
이젠 모두 내려놓고 편히 쉬렴

저렇게 눈 감는 일이
다시 태어나기 위한 일이라면
오늘 활활 몸 태우는 것도 축복인 것을
눈물도 분노도 내려놓고 한 줌 가루가 되는
지금은, 캄캄한 죽음에서 빠져나와
또 다른 삶의 통로가 되는 일

아픈 성찰의 시간을 지나온
죽음은, 차라리 생존의 통로인 것을
해탈의 마지막 순간을 위해
나 또한 저 뜨거운 용광로 속으로
지금, 활활 가볍게 몸을 던진다

별

멀지만 아주 가깝게
그대를 바라보는 아주 간절한 마음이
비와 눈보라에도
어느 깃털 하나 흔들리지 않는다면
그건 저 별과 같은 것
바라볼수록 더욱 가깝게
떨리는 마음의 그 흔들림마저
속절없이 강물로 저물 때
그대와 나
별이라 부를 수 있을까 몰라

제 **2** 부

덤불

골목 저쪽으로

한껏 초록이 불타오르는 문밖
전기톱에 목이 잘린 은행나무와
빨랫줄같이 줄을 늘어뜨린 전봇대는
제 키 높이에 햇살을 널고 있다

인적 끊긴 골목을 바람이 달려가고
어제부터 졸고 있던 맨드라미 몇 송이
고요에 겨워 밭은기침을 빨갛게 토해낸다
골목도 전봇대도 목이 잘린 나무도
우두커니 초록 속으로 빠져들어 있다

고요가 고요에 겨운,
후미진 골목 저쪽으로부터
마스크 쓴 초록이 황망히 지나간다

자정에 대하여

때죽나무 가지 사이를
흔들고 오는, 만질 수도
냄새 맡을 수도 없는 너는 허무의 경계

비어 있으나 비어 있지 않은
저 푸른 허공의 꽃
때죽나무 잎새와 잎새 사이
푸르게 씻겨서 떠오르는 보름 달덩이

저 별들을 때죽나무 숲으로 끌어당기는
눈 감아도 선연히 떠오르는
그런 흔적으로 다가서는 밤

사람이 그리운 날 · 10

그대 그리워서 웃었다
이젠 볼 수 없어서 웃었다
차마 먹을 수 없어서 웃었다

웃으려고 태어난 사람처럼 웃었다
미친 사람처럼 낄낄 웃었다
내 안에서 출렁거리는 것에 놀라서 웃었다
웃을수록 세월은 가고
그래, 신들린 듯 나는 웃었다

여전히 배고픈 줄 모르고 웃는다
눈물이 나도록 낄낄 웃는다
춥고 어두운 사건이 있어서 웃는다
마침내 뼈가 아프도록 웃는다

덤불

좁다란 공간에 깃드는 따스함
새들의 마을회관인 덤불 속으로 모여드는
허공을 떠돌다 돌아오는 날갯짓으로 환하고
덤불 가득 쏟아지는 활시위 같은 새소리
오래 막혔던 가슴이 뜨겁게 열린다

얼음장 밑인데도 꼬리지느러미 날렵한
물고기들, 봄날을 아가미 가득 물고 있다
누가 겨울은 참혹하다 했나,
이 덤불 속은 군불 지핀 아랫목
온통 지저귐으로 귀가 따갑다 못해 먹먹하다
귀 닮은 나무들도 기웃기웃 엿보는

허술하지만 집이지만 봄빛은 반짝거리고
펑펑 눈 내려 한결 넉넉해진 강변에서
소리 없이 피어오르는 안개, 마른 찔레 넝쿨
신생아실 아기 울음처럼 연둣빛 물드는데
눈 내리는 좁다란 덤불 안으로
허공을 떠돈 새 한 마리 또 날아들고 있다

모처럼 두 손으로

생각나도 두 손을 모으지 않았다
무섭거나 두렵지 않아서 손을 모으지 않았다
좀처럼 손바닥은 포개어지지 않고
시들해지면 손 모으는 일도 자주 잊고 살았다

선잠 깬 얼굴이 환해지도록
내 이마가 활짝 펴지도록 손을 모으지도 못했다
부글부글 끓어오르는 내 안의 분노만 키우고
그 적의를 꾹꾹 누르지도 산처럼 무던하지도 못했다

손이 있어도 손이 없는 것처럼
마치 손가락 모으는 것을 망각한 짐승처럼
그러다가 내 안에 바람이 든 것을 알았다
풀잎 하나의 흔들림도 그렇게 잊고 살았다

간절히 준비하고 손 모은 것이 아니라
어둡고 추운 밤으로 내몰리고 나서야
겨우, 두 손으로 당신을 불러보는 것이다

그림자놀이 · 2

한 열흘 비, 빗물이 천정을 뜯어먹고 있다
살모사 등껍질 같은 물결무늬가
콘크리트 벽에 정박하고 있다
방수 천막을 몇 겹으로 둘러쳤는데도
후줄근히 젖는 그림자
야금야금 천정을 뜯어먹고 있다

얼마 전부터 내 방이 구멍 뚫리고 있다
부푼 찐빵처럼 잘 반죽된 몸을 부풀리더니
굶주린 혓바닥으로 정수리를 휘졌고 갔다
비워둔 방은 불빛조차 켜지지 않았고
굳게 닫힌 창문으로 철 지난 바람만 찾아왔다
구름 빠져나간 몸에 곰팡이만 꽃을 피웠다

막고 덧씌워도 스며드는 그림자
바람 많은 언덕에 마냥 서 있은 탓이다
물 한 방울 품지 못한 저 한계치의 지붕
살면서 만나는 것이 빗물이라 해도
푸른 하늘에 닿으려면 몸을 말려야 한다

관장하는 시간

길이 막혀서 물 한 모금 넘기지 못한다
개수대는 꾸역꾸역 먹은 것을 토해내고 있다
허물고 불통의 유적지를 찾아가듯이
개숫물을 받아먹던 통로가 꽉 막혀있다

비닐 스프와 봉지, 녹슨 집게들…
오래된 부장품들은 막장의 암 덩어리
오랜 시간을 갉아먹은 유물들이다
콘크리트처럼 단단해진 덩어리들
제 길을 뜯어먹다가 숨이 멎은,
먹은 것이 역류하는,
스스로 핏줄 터진 시간이 잠복해있다

오랜 암을 삭히다가 북망산에 든 할머니
바람든 몸도 저렇게 부풀어 올랐을 것이다
그 얼굴에 핀 검버섯 같은 길,
백 년에 한 번 꽃을 피운다는 대나무
그 열린 구멍으로 햇살 한 줌 뿌려준다

살모사

나는, 입을 크게 벌린 살모사
오늘도 꿀떡꿀떡 사람들을 집어삼킨다
우르르 몰려오는 것들,
지하철 4번 출구에서 1번 출구까지
커다란 몸통을 가지고 있다
아침 사냥도 필요 없이 입만 벌리면
셀 수 없이 몰려드는 먹잇감들
가끔 어린 왕자에서 코끼리를 먹었을 때보다
분별없는 과식 때문에
장이 꼬일 때가 있다, 그때는
또 다른 출구로 얼른 소화를 시킨다
간혹 냄새나는 것들이 내 몸속으로
꾸역꾸역 들어올 때가 있다
덕지덕지 수염이 난,
빛바래고 너덜너덜해진 잠바들
그럴 때면 나는 쉭쉭, 독을 쏘아 내쫓는다
이젠 허물을 벗을 필요가 없다
동면도 필요 없는 따뜻한 지하 속에서

악어와 악어새처럼 공존하고 있다
먹어도 먹어도 소화되지 않는
계보에서 떨어진 나는, 세상 한가운데서
오늘도 어둠 속에서 입을 벌린다

모감주나무 그늘

노란 꽃비 맞으려 발산마을에 갔습니다
바람 한 점 없는 날인데도 꽃비가 내렸습니다
비탈을 따라 들어선 나무들이 황금터널을 만들고 있었습니다
그 사이로 얼핏 보이는 하늘도 꽃비를 뿌려댔습니다
달걀모양의 작은 잎으로, 꽃비 흩날리는 나무들
가을이면 돌처럼 단단하고
만지면 만질수록 더욱 반질반질 윤기가 나는
큰 스님 손때 묻은 염주를 만든다는 생각에
차마 찡그린 얼굴로는 서 있지를 못했습니다
오직 겨울 양식을 장만하는 꿀벌들의 잉잉거림과
꽁지 까만 물새들의 재잘거림이 실루엣처럼 남고
이따금 불어오는 바람만 우듬지에 걸려서
노랗게 얼굴 물들이고 있었습니다
나무들이 내뿜는 향기가 젖은 그늘을 잠재우는 사이
어느새 저녁해는 난장을 펼치고 있었습니다
빨강과 노랑이 합쳐지는 시간
먼바다에서 불어오는 바람이 대낮의 열기를 달래고 있었습니
다

뜨거운 만큼 생각은 가라앉는 법입니다
꿈결 같은 바다에는 등댓불이 환히 길을 열고
내 허튼 생각도 어둠에 깊이 잠기고
노란 모감주나무도 지금 막 고요에 드는,
아직 루비 빛 이파리는 보지 못해도
바닷가 기슭에서 노랗게 물든 하루입니다

고요의 소리

부챗살을 펴든 소나무가 팔을 뻗는 법당
추녀 끝, 청동 물고기 한 마리 지느러미를 씻는다
소리는 찰강찰강 누마루 기둥사이를 빠져나간다

때때로 맞배지붕이 구름을 몰고 오고
낙뢰를 문 주둥이마다 번뜩이는 이빨자국
석류알 터진 울음이 극락보전을 휩쓸고 간다
흔들릴수록 야물어진 지느러미로
목청을 돋우어 허공을 건너는 풍경 하나

이제 물고기의 몸은 절반은 바람이다
자작나무 먼 숲과 계곡이 환해질 때
흔들렴, 그대 자리가 허공이라면
고누는 과녁마다 눈물이 핑 돌게 하렴

흔들리다 부서질 몸이라 해도
뿌리칠 수 없는 바람은 물고기의 미끼
탁발의 소리는 어둠을 깨우고 가지만

그대 헤엄쳐갈 수 없는 곳이 구름바다라 해도
아득히 소리 하나로 저 허공을 건너고 있다

여자만에 서다

비린 안개는 이곳의 주된 품목이다
언제나 양수로 출렁이는 포구의 자궁은
저녁마다 붉은 머리채를 싱싱하게 풀어놓는다
이곳 토박이인 안개는 자궁처럼 문을 연다
귀가 열리는 바람까지 흔쾌히 껴안는다
저녁마다 암내를 풍기는 갯벌은 펄펄 끓고
탯줄을 단 생명이 바다를 꽉 움켜잡고 있다
어둡지만 아무도 어둡다고 말하지 않는다
서늘하지만 아무도 서늘하다고 말하지 않는다
넘쳐나는 물살을 잡고 흐르는
저 넉넉한 갯벌의 유영, 아무도
갯벌 속에서 포근한 느낌을 지울 수가 없다
멀게 느껴지던 관계가 한결 가까워지는,
서로의 어깨를 조금씩 밀착시키는
한 가슴이 다른 가슴에 몸을 기댄다
사르르 눈 녹는 둥근 자리가 생겨난다
가슴이 젖고 발목이 다 젖도록
벗어던진 손이 다른 한 손을 따뜻이 움켜쥔다

멀리 떠나보내려 해도 떠나보낼 수 없는
비린 안개는 이곳에서만 나는 주된 품목이다
점점 더 가까이 겹쳐지는 그대 실루엣

구곡폭포

저 폭포 사이에 내 몸이 끼어
뻘뻘 땀을 흘릴 때,
바위 사이로 쏟아지는 물줄기는
한 마리 용처럼 꿈틀꿈틀 하늘 오른다
어느 곁에도 눈 주지 않고 사철 쏟아지는
저것은, 푸른 숲을 닮았다
오로지 지축을 흔들며 떨어지는 저 용맹정진
거꾸로 떨어지는 함성은 포말이 되고
바닥에 닿은 함성은 또 다른 의미로 흘러간다
여름 바람이 머리채를 힘껏 낚아채면
계곡 가득 쌍무지개 뜨고
절벽 흔드는 물소리에 구름이 출렁인다
밤이면 달빛이 은가루를 뿌린다
잠시도 틈을 주지 않고 쏟아지는 물줄기
폭풍우에도 허리 한 번 꺾임이 없는
오늘도 중심 하나 흩트리지 않고
병풍바위 쿵쿵 울리도록 관음경을 읊고 있다
바라볼수록 폭포는 하나의 종교

부디 꺾이지 말고 흘러가라고 흘러내린다

재선충材線蟲

초록을 상실한 잎은 바늘이 아니다
비 한 방을 내리지 않는 사막이다

저 보이지 않는 것들이
뿌리로부터 올라오는 물길을 막은 탓이다

제 몸보다 몇 배 작디작은,
저 보이지 않는 가냘픈 벌레 앞에서
너는 헉헉 숨이 막혀서 쓰러졌던 것

그때부터 시들시들 말라가는
정수리를 보면
너는 하늘 오르는 일을 망각한다

바람 맑은 저녁은 가고
새들 재잘거리던 시절도 가고
참매미 울음소리도 뚝뚝 끊긴,

이제 침엽의 숲엔
벌레들이 지배하는 세상뿐이다

누에

뽕잎 위에서 실타래를 뽑고 있다
돌돌 제 몸을 말고 있다

행간을 줄이고
훌훌 하늘로 날아가고 싶은 마음
번데기의 과정을 일기처럼 뽑아내며
이음 마디마다 긴장감을 싣는다

점점 완성되어가는 둥근 집
부풀어 오르는 몸을 말고 있다
몇 번의 혼곤한 잠을 위하여
누에는 제 몸의 허물을 생각한다

아직 무르익지 않아
끊어지고 버려지기도 하다가
마침내 우화의 하늘로 날아간다

오징어

피싱 램프가 수평선을 달군다

밤바다에 피는 붉디붉은 꽃들
꽃향기에 취한 오징어가 몰려온다

어둠과 불빛이 어울려 길을 내는 바다
그 길을 따라
오직 불빛만 따라 달려오는
저 전속력의 맹물들

바다가 꽃피우는 거친 물결을 넘어
뚝뚝 바다 위로 떨어지는 별들

첨벙첨벙 꽃들 속으로 자맥질한다

5월

앙상한 몸으로 바람을 맞던
마른 가지끼리 서로 부딪고 있을 땐
가난한 허공뿐이더니
펑펑 눈 내려도 알몸뿐이어서
더욱 춥게 느껴지더니
마른 손에 새순 돋고 꽃이 피고
가슴 녹이는 봄비 맞으며
추운 허공과 허공을 가득 채우는
저 연두와 분홍빛의 물결
저것 봐, 혹한의 날 견뎌야만
가난한 허공도 가득 찬다는 것을
몽실몽실 색칠하는 저 산
형형색색 수채화를 그리는 숲

출항의 이유

그리울 때마다 떠난다
잡으리라는 보장도 없이 떠난다
잡히지 않을 계절인데도 떠난다
홍어의 철인데도 푸르게 떠난다

어떤 날은 지치면 투망하다 졸음이 왔다
그런 날은 출렁거리는 뱃전에 기대 잠들곤 했다
만선의 깃발이 펄럭일 때까지 잠들었다
내 속의 어창에 수만 톤의 선어들이 펄떡이고 있었다
그것으로 처녀출항의 나는 함박웃음을 웃고 있었다
마치 잠들려고 한 것처럼 찰지게 한참을 잤다

고기 잡는 법을 몰라도 떠난다
처음처럼 그렇게 떠난다 막무가내 떠난다
잡히든 말든 파도치는 대로 떠난다
다람쥐 쳇바퀴 돌리듯 떠난다
온통 수평선에 든 듯 바람처럼 떠난다
그래도, 바다가 그리울 때는 떠난다

어느 봄날

나의 창이 조금씩 닫히고 있다
꽃 피는 소리를 지긋이 바라보던 창
나뭇잎에 떨어지는 소리에도 한껏 열리던 창
그러다가 제 빛깔과 무게로 영글던 가을
모든 생명을 환하게 바라보던 창

아, 모든 것을 편히 눕게 하는 겨울
눈 내리는 바깥을 종일 내다보던 창
마른 나무가 보드라운 솜털에 싸이는 것도 보고
꽁지 짧은 새 한 마리 가까스로
처마 밑으로 숨어드는 것도 그윽하게 바라보던 창

그러던 그 창이 요즘 흐릿해졌다
종일 닦고 문질러도 또렷해지지 않는다
너무 많은 것을 보아온 세월 탓이다
이젠 내려놓아야 한다
내려놓고 좀 더 편안해져야 한다
나의 창이
이 봄 내게 가만가만 타이르고 있다

가자미식혜

몸 삭히는 일이 왜 이리 고단한가,
모래 색깔에 따라 숨어 지내느라 더욱 납작해진 가자미
내장과 머리가 잘린 몸통이 항아리 속에서 삭고 있다

조밥에 싸여 양념 버무려야 반찬과 안주가 되던
그는 원산 앞바다가 그리운 함경도 아지매,
통일을 위해 무던히 참고 견딘 세월이
펑펑 쏟아내야 할 눈물 맛이 되어 익어간다

어두운 옹기 안에 고향의 그리움을 하나씩 집어넣고
끝내 잊지 못한 귀향의 꿈, 그 한 가닥을 버무려
바람 소리 요란해도 귀를 씻으며 참고 버틴다
그 어떤 눈보라에도 그리움 꾹꾹 눌러 항아리를 달군다

뼈가 녹아 살이 될 때쯤
독한 소주도 가자미식해 앞에선 맹물처럼 싱겁게 넘어간다
살과 뼈와 바닷바람까지 버무려낸 저 정갈한 맛
남아있던 울음을 죄다 쏟아낸 몸이 조금씩 달아오르기 시작한다

왁자한 사람들의 입담과 입담 사이, 입맛 돋우는 것도
끝내 기억하고 싶은 것들을 기억하려는 추억이 된다소망은,
죽어서도 원산 앞바다로 내달리는 것이지만

등꽃 사내

그 사내가 누운 등나무 아래
연보라 꽃비가 내리고 있다
한낮이 되도록 얼굴 가득 신문지를 덮은 채
꽃비를 받고 누운 사내
햇살이 그에게 내려앉지만
사내는 여전히 잠만 자고 있다

머리맡에 놓은 생활정보지
붉은 펜으로 수없이 그어놓은 x, x들…
경험 많은 미용실 보조,
40대 이하 노래방 도우미 구함
모두 깊이 잠든 그의 길을 가로막는 것들뿐
그래도 저마다 구멍 난 가슴 위로
꽃비만 내려 다독다독 어루만지다 간다

저녁 무렵, 서류 가방을 끼고
터덜터덜 어스름 속으로 사라지는 사내
내일 아침이면

다시 등나무 꽃그늘 아래서
또 한 차례 깊이 잠들다 갈 것이다

노랑해협을 건너며
— 김만중의 말 · 1

어머님 얼굴이 자꾸 눈에 밟혀서
뗏목 돛배도 울컥울컥 파도를 탔습니다
비루먹은 몸은 앵강을 흘러들었어도
자식 옷 지으시다 부르튼 손 마디 손마디
예까지 바람에 실려 와 손끝이 시립니다
오랜 귀양에서 풀리면 꼭 모시리라
내 어쩌자고 헛된 언약만 내질렀는가
허연 몸 둘 데 없어
멀고 먼 남쪽 바다를 헤매고 있을 뿐
마른 가랑잎같이 망망대해 흐르고 있습니다
어머니 곁엔 그림자 하나 없고
달빛 별빛만 쓸쓸히 지키는 집
여기 이 물이랑에 흔들리는 마음을
저 하늘 맘껏 기러기를 날려서
성긴 문지방까지 보낼 수만 있다면
거친 물살에 멀미를 해도 좋으리
다만 어둠 앞에서 꽁꽁 바람을 여며 봅니다
마른 돛배에 몸 의탁한 채 흔들흔들합니다

어머님 얼굴 자꾸만 눈에 밟혀서
눈두덩 망연히 젖어 바라다본 하늘
갈매기 떼만 무심히 원을 그리고 있습니다

* 앵강 : 남해 앞바다의 이름.

초옥 둘레로 개동백은 지고
— 김만중의 말·2

초옥草屋 문 열면
바람이 제 먼저 알고 찾아옵니다
동백 꽃그늘이 지는 해를 안고 발갛습니다
겨울 끝자락인가,
댓돌에 벗어놓은 짚신에도 서릿발이 서걱입니다
동박새 날갯짓 소리 오늘따라 유난합니다
가마우지가 동백숲으로 나를 끌고 갑니다
꽁지 짧은 새들이 불러 모으는 그늘
그 멀어질 듯 가까이 밀려드는 환한 물살에
바다와 섬이 한 몸이 됩니다
꿈결 같은 시간이 정박한 저녁 속으로
남루한 하루를 밀어 넣으면
동백꽃은 뚝뚝 떨어져 가슴을 밝힙니다
눈 감아도 선연한,
솜이불 볕에 널어 말리시던 어머니
그 앙상해진 어깨뼈도 동백 속으로 뚝뚝 떨어집니다
탱자나무에 연둣빛이 돌면
가시나무 울타리를 벗어날 수 있을까요?

바닷새 울음이 빨갛게 피를 토해놓는,
바람에 축축 늘어진 가지마다
꽃들 붉게 떨어지는 저녁입니다

그리움을 낚다
— 김만중의 말 · 3

남해 금산이 눈앞을 막아선다
벽련포구가 눈에 밟힐 듯 지척인데
위리안치된 지 벌써 이태 째인가
종일 바다에 몸을 기댄다
캄캄한 물 그늘 속으로 내린 것은
빈 줄뿐, 바람만 옷깃을 파고든다
자식 돌보랴, 조카 돌보랴
당신 아랫도리는 다 무너지고
이젠 가랑가랑 바닥이 드러난 몸
두레박을 내릴 수도 없는 마른 우물
누가 저 몸을 늙었다 말하는가
얼굴 겹겹이 검버섯은 피고
물 빠진 저수지 저 깊이 모를 속은
쩍쩍 금이 가고 있는데
실핏줄이 울컥 터졌다 해도
도도히 흘러넘치는 강물줄기를
누가 막을 수 있으랴
빈 줄에 미끼 하나 없이도

나, 오늘 실컷 바다를 낚는다
찰랑이는 수면에 마음을 벗어놓고
푸른 자궁 속 말씀을 종일 낚는다

탱자나무에 내리는 비
— 김만중의 말 · 4

천둥 번개 치는 밤이었을 것이다
탱자나무 가지도 바람에 찢겨나가고 있었을 것이다

어머니는 천정에서 쏟아지는 빗물을
놋그릇으로 받아내고 계셨다
퍼내어도 막을 수 없는 뚫린 구멍
물은 삽시간에 마당을 지우고
장독대를 지우고 부엌으로 차올랐다
마침내 툇마루를 삼키고
꾸역꾸역 방안으로 밀려들었다
방바닥이 풍선처럼 부풀어 오르다가
흔들흔들 집이 둥둥 떠내려가고 있었다

번쩍, 번개 천둥소리에 잠이 깨었다
장대비에 초옥이 허물어지고 있었다
어머니 살아온 세월이 빗속에 떠내려가고 있었다
된장 항아리가 깨져나가고
빨랫줄이 바닥까지 늘어졌다, 어디선가 동백나무가

제 가지를 끌어안고 떠내려가고 있었다

아아, 가시울타리가 찢겨 졌으면 싶었다
구멍 뚫린 지붕도 기울 수 있게
둥둥 떠내려가는 집들을 붙잡아 맬 수 있게,
해일이 지붕을 뒤집고
장대비가 밤새 노도를 휩쓴 여름이었다

위패를 품다
— 김만중의 말 · 5

바람결에도 들리지 않던 소식
물안개 많던 날 당도했었다
그날, 동백나무도 흔들렸고
탱자나무도 허리를 꺾고 대숲도 머리를 조아렸었다
어머니 소천하시고
이듬해에야 받아든 가난한 부고
그때, 툇마루에 앉았다가
바닥으로 까무러쳐 일어나지도 못했었다
제사상 하나 차리지 못하고
달랑 위패 하나 모시고
울음만 우는 이 불효를 용서하지 마시라
북으로 부는 바람은 차고
이미 몸에 깊은 병, 꽃향기
물새 울음소리조차도 보기 버겁다
잔잔한 바다 남해금산은 저리 푸른데
이젠 불러볼 수조차 없는 그리운 이름
오오, 만날 수 없는 이 허망함이여

오가는 서찰도 끊긴 지 오래
밤 깊어 거친 바람만 섬을 흔들고 있다
등잔불 심지 돋우고 주역을 읽지만
한 번 흘러간 젊음은 돌아오지 않는다
살아 효도 한번 제대로 못한 몸이
이 밤, 눈물로 껴안아 보는
어머님 위패 하나

용서하라, 울며 고뇌하던 시대여
— 김만중의 말 · 6

언제 집으로 돌아갈 것인지 아무도 몰라
위리안치의 몸으로는 날개 하나 달 수 없구나
다만, 꿈꾸기 위하여 저술을 하고
서원을 짓고 제자들을 가르칠 뿐,
내가 머무는 곳은 드넓은 하늘, 짙푸른 바다
조금만 눈 주면 아주 잘 들여다보이는 집
거기, 책이 있고 대청마루가 있네
아니 대청이 있는 곳에 책이 있네
사서삼경 읽는 소리가 섬을 흔들어대지만
그러나, 꿈을 펼치는 일은
학문보다 조화에 있음을 새삼 깨닫네
너무 강해서도 너무 휘어져서도 안 돼
뭉게구름은 언제나 한 하늘에서 놀고 있고
얼굴을 내밀다 금세 얼굴을 감추는
서로 한 몸이다가 때론 갈라서고 마는,
오직 권좌를 위해 핏빛 물들였던 나날
누구나 가시 하나 숨겨두고 사는 것을

용서하라, 울면서 고뇌하던 시대여
비 오고 눈 내려서
이젠 그 핏자국 흔적조차 없지만
내가 추구하던 하늘과 바다
오늘도 여전히 높고 짙푸르기만 하네

거울 보기
— 김만중의 말 · 7

선천 변방에서
귀양살이로 불효를 하고
남해 눈먼 섬에 와서
하루하루 머리 허연 낭인이 되었구나
이젠 거울조차 보기 민망한 얼굴
저녁 해는 등성이에 걸렸는데
한양 소식은 어느 바람결에도 없구나
가을은
밤하늘에 쓸쓸히 기러기만 날리고
살아 어머니와 함께하기를 손꼽아보지만
이젠 거울 보기가 이리 두려운 것을
바람에 몸 말리는 댓잎들
종일 피리 소리만 낸다
내 몸에서도
종일 피리 소리가 난다

죽어서도 당신은

죽어서도 당신은 제일 키 큰 나무다
그런 당신이 내 속으로 자주 들어와 눕는다
피가 돌지 않는 아랫도리로 들어와 눕는다

가지마다 올망졸망 자식들을 매달고
크고 탐스러운 열매들을 키워냈던 젊음은 가고
봄부터 가을까지 어느 먼 길을 걸어왔는지
바지런히 물 뽑아 올리던 뿌리도 말라간다

햇빛 맘껏 끌어당기던 연둣빛 눈들이
요즘은 시들시들 땅으로 떨어져 내린다
바람 많은 세상을 너무 많이 걸어온 탓이다

나는 안다, 사방이 어두워지는 것을
그때마다 당신이 내 속으로 걸어들어오는 것을
내가 지은 보잘것없는 집으로 들어오는 것을

이젠 더 지을 것이 없고
더는 꾸밀 것도 없는 내 집으로
마치 제집처럼 당신은 들어와 누우신다

겨울 저동항

이곳의 절반은 바람이다
해안선 따라 가파르게 늘어선 덕장
눈발 사이로 오징어가 말라간다

귀가 꿰인 오징어는 이곳의 겨울 양식
만국기처럼 펄럭이며
잦은 눈발 속에서도 꾸덕꾸덕 말라가는,
깊고 푸른 바다가 내어준 가난한 양식들
우리 삶처럼 얼고 녹으며 펄럭일 때
나는 어느 언덕바지 허름한 민박에 든다

차가운 바람이 창을 흔들고
먼바다 배들이 수평선을 밝히는
우리 가파른 삶 위에 나부끼는 등고선
거친 해일과 캄캄한 세상을 건너오느라
몸통마다 나이테가 새겨졌을 것이다
마지막 아름다운 순간을 위하여
저것들은 겨울 동안 말라갈 것이고

나 또한 아침이면 뭍으로 달려나갈 것이다

먼 바다로 나간 고기잡이배들이 돌아오는
새벽까지 나는 별빛 하나를 기다린다
꾸덕꾸덕 오징어가 되어 바람을 타는
포구의 불빛이 별처럼 곱다

가을에

무르익으면 비워내야 한다는 것을
나는 아네, 열병으로 가득 찼던 시절을
떠나보내야 한다는 것을

이만큼의 거리에서 보면
먹구름 속에서 바람은 뼛속까지 들어찼던 것
그 내밀함으로 눈물 많았던 날들이
이제 비로소 속을 비우는 것을 보네

무게가 제 무게를 버리는 나날
가장 어려운 낙법부터 배워야 할 때
바람과 폭우가 나를 휩쓸고 가지만
스스로 바닥으로 떨어져 보는 일

스스로 인연을 도려내고
가장 낮은 곳으로 차츰 내려앉는 일
그런 날들이 눈물 없이 다가왔으면 하네

제 **4** 부

꿀밤

콘도에 누워

바닷가 콘도에서 누워서 바라본다
어둠을 품고 용솟음치는 해를,
해안선 가득 내걸린 생선들이
햇살을 받아 윤슬처럼 반짝거리는 것을
소금기를 품은 나무들도 반짝거리는 것을
내 벗어놓은 신발에도 햇살 반짝거리는 것을
가마우지 날갯짓도 반짝거리고
물떼새가 수평선 저쪽으로 나를 끌고 가는 것을
멀어질 듯 가까이 밀려드는 저 붉은 물살
비로소 나는 바다와 한 몸이 된다
저 붉은 물살에 나를 밀어 넣는 꿈결의 때,
눈 감아도 선연히 떠오르는 얼굴 하나
솜이불 햇살에 펴서 말리시는 어머니
그 넉넉한 품에도 물비늘 반짝거릴까?
나, 언제 가시나무 울타리 벗어날 수 있을까?
수평선 물새들이 물고 오는 해
누워서도 시리게 바라볼 수 있는데…

문래철공소

용접불꽃놀이 환한 철공소
두 철판을 나사못으로 연결하기 위해
강철 드릴이 춤을 춘다
약육강식의 진부한 이론이
아주 잘 먹히는 이곳에서는
철판과 못이 만나서 불꽃놀이를 한다
간혹 나사못이 외마디 비명을 지르며
근무지를 이탈하고 허공으로 튕겨나간다
어느 누구도 고개 숙이지 못해
벌써 몇 번인가 궤도를 이탈하고 있다
못 박을 구멍을 넓히는 드릴
제 속도를 견디지 못한 나사못이
강판과 강판 사이에 끼어 끽끽거린다
소화불량은 이곳의 오랜 불문율
힘과 속도를 견디지 못한 나사못이
허리를 꺾으며 푸석 누워버린다

나무의 세상

금강송 몸에 들어가 누워보았다
날카롭지만 솔향 그윽함 속에는
드넓은 하늘, 새들의 허공이 펼쳐지고
오로지 꼿꼿이 직립하는 사람,
그들이 사는 푸른 마을이 펼쳐졌다
비바람 앞에 자주 머리 조아리거나
눈보라 앞에 자주 허리를 꺾는
그런 사람은 찾아볼 수 없었다
간혹, 태풍과 폭설에 뒤덮여
허리를 두 동강 낼지라도
머리나 허리를 함부로 하진 않았다
더욱 초록으로 불타올랐고
바늘 끝을 더욱 뾰족하게 갈아 세웠다
풀이 풀을 따라 울며 허리 굽혀도
재빨리 땅에 닿도록 머리 조아려도
오직 나무는 더욱 짙푸르게
드높은 하늘로 치솟아 올라만 갔다

신라금관 앞에서
— 경주 시편·1

천년 세월의 문이 열린다
빗장을 여는 저 찬란한 문,
한 임금의 깊은 잠이
발소리에 놀라 화들짝 눈을 뜬다
마치 침묵하라, 침묵하라 조용히 타이르는 것 같다
오랜 세월 무덤 속에서 잠들어 있다가
비로소 햇살 속으로 얼굴 드러낸 저 황홀함
신라 천년의 정신이 사방에서 불을 켜고 다가서는
온통 풀, 나무, 꽃…… 밝은 그림자들
전시실 안은 대왕의 목소리로 환해진다
화려하고 근엄한 무늬에 사로잡혀있는 동안
나는 천년 세월 저쪽의 늠름한 화랑이 된다
빛과 시간이 뒤섞인 전시실 안은
온통 죽은 자들의 부장품으로 가득하고
여전히 눈 감지 못한 혼들이 지켜보고 있다
움찔, 어깨를 흔들어 자세를 고쳐보지만
천년 전 왕들의 근엄한 목소리는
내 어깨에도 무겁게 얹힌다

저 금박의 관 너머 아직 어두운 세상이
저 황금빛 물살로 일어서기까지
나는 좀처럼 이곳을 떠나지 못할 것이다
왕관은 어쩌면 하나의 거대한 알
다시 천년이 지나면 저 알들은 부화할 수 있을까
어디선가 서라벌 흔들던 말발굽 소리
내 연약한 뼈에도 통통하게 살이 붙는다
천년 서라벌 적시던 그 달빛 같은
전시실은 깊이 잠든 한 대왕의 눈빛 형형하고
나는 지금,
혼곤한 천년의 잠을 흔들어 깨우고 있다

경주남산 · 2
— 경주 시편 · 2

물빛 드레스를 입고 그녀들이 온다
깃털같이 가벼운 걸음으로 사뿐히
한쪽 손에 종이로 만든 연등을 들고

근엄한 마애불도 입을 열고
마른 뺨에 달라붙는 풍성한 눈발을 빨아먹는다
천년바위도 비로소 여는 말문이여
얼어 터진 살갗마다 흰 물이 돌며 새살이 돋는다
오래 찌든 미움의 때가 씻겨나간다
발가벗겨, 닫힌 가슴에도 문이 열리고
희디흰 물살이 한지에 번지면서 방안으로
엎질러진다, 환하다
산도 나무도 짐승도 깊이 잠들었다
울며 고뇌하던 시간도 잠들도
어디선가 울려 퍼지는 종소리 같은 것이
멀고도 가깝게 밀려들고 있다
지나간 시간의 깊은 음계를 밟으며
새로 눈뜰 봄날 아침이 몰려오고 있다

숲에는 오직 은빛 물살의 고요한 화해

물빛 드레스의 그녀들이 오고 있다
한쪽 손에 종이들을 켜 들고
깃털같이 사뿐히, 아주 가벼운 걸음으로

경주남산 · 3
― 경주 시편 · 3

잠든 사내의 혈맥을 짚어 오른다
천년 세월이 고스란히 남아도는 바위마다
그윽한 눈빛으로 잠이 든 사내
천 마디의 말보다 단 한 마디의 침묵이
꾹꾹 눌린 마애불로 앉아있다
바위에 새겨진 말씀들이 가슴을 치면
산은 하늘 허공이 되거나 별이 되었다
청설모 한 마리 솔숲을 가로지르는 동안
간밤에 내린 비는 나뭇가지마다
몇 개의 투명한 말씀들을 매달아놓는다
바람은 한낮이 기울도록 그것들을 배우다 간다
바람은 이제 혼자가 아니다 나도 혼자가 아니다
귀와 입과 천 개의 눈으로 마애불을 닮아간다
온종일 포롱포롱 눈을 뜨는 햇살
잎잎에 젖어있던 말씀들을 말리는 사이
삼존불 이마 언저리가 연꽃으로 환하다
어디선가 불어오는 바람이
젖은 생각들을 말리며 해의 전신을 편다

그때마다 여린 잎들의 가파른 파동
천년 사내의 잠을 짚어 오르고 있다
때때로 소나기 내려
우르릉 쾅 꽝, 번쩍! 어지럽기도 하지만
축축한 자리에 햇살 들고 바람이 불면
산에 오르는 사람들 모두 부처가 된다

감포 앞바다
— 경주 시편 · 4

밤마다 그 앞바다에서 한 사내가 울고 있다
바닷물에 떠내려간 천년 사직의 내력을 짚어가며
퉁퉁 불어 터진 울음을 해안선으로 실어오고 있다
그 흐느낌에 잠들지 못하는 해당화는
해돋이횟집 안마당까지 바다 안개를 퍼 올리고 있다

이곳에서는 안개 때문에 자주 가슴을 다친다
헐거운 가랑이 속으로 바람은 넘나들고
집집마다 만선의 깃발은 나부끼지만
바다로 떠난 사내들의 소식은 여태 오리무중이다
눈에 밟혀도 여전히 물안개로 떠도는 얼굴들
해마다 산기슭엔 주인 없는 무덤만 늘고 있다

오래 기다려온 시간만큼 몰려오는 물결의 떼
이 밤 베갯머리에 와서 칭얼대는 달빛의 정체는 무엇일까,
만선의 깃발을 매달고 돌아오겠던
사내들의 질긴 언약은 물거품으로만 흐를 뿐
기다려다오, 기다려다오

밤새 잠들지 못하는 혼들이 모여
문무대왕의 딱딱하게 굳은 울음이 되고 있다
우우 승냥이 울음이 되어 서성거리고 있다

대능원에서

― 경주 시편 · 5

잠시 멈추고 눈을 감으면
천년 봉분의 문 열리는 소리 들린다
바람은 마른 잔디의 귀밑머리를 어루만지고
비로소 빗장을 여는 천년의 세월,
단단한 문이 햇살 속으로 몸을 불리며
혼곤히 잠들었던 천년 사내를 흔들어 깨운다
일어나라, 일어나서 다시 시작하라
솔향기 품은 바람이 봉분을 휩쓸고 가고
그와 동시에 사방에서 불을 켜 들고 다가서는
풀, 나무, 꽃, 나비…… 온통 밝은 그림자들
굳고 단단한 뿌리가 흙들은 움켜잡고 있는 동안
천년 세월은 구름의 얼굴로 흘러갔다
고요와 어둠이 뒤섞인 방들은 부장품으로 가득하고
검은 뼈의 석실엔 썩지 못한 역사가 고스란히 누워있다
움찔, 어깨뼈를 흔들어보지만 견고한 껍질을 뚫고
나오기엔 천년의 잠은 물먹은 솜처럼 무겁다
저 금박의 관 너머 어둠이 빛살로 일어서기까지
나는 오래 이곳을 떠나지 못할 것이다

바람 속에 꿈틀거리는 무덤은 하나의 거대한 알
다시 천년이 지나면 저 알들은 부화할까
밤마다 눈에 불을 켠 달빛이 알들을 품는 동안
어디선가 화랑들의 말발굽 소리는 들려오리라
봉분에 돋아난 풀꽃들이 바람을 이기고 잠들기까지
죽은 왕들의 자양분으로 나무들은 무성하리니
내 마른 뼈의 몸에도 살이 붙는다
어둠을 밝히는 별빛은 하늘로 돌아가지 않고
바람 소리 한결 선명한 한밤중까지
대능원 움켜쥔 달빛만 한 소절 노래로 남아
여전히 천년의 잠을 흔들어 깨우고 있다

토함산 일출
― 경주 시편 · 6

비린 안개가 산기슭 가장 깊은 곳을 기어오르고 있다
해당화 잔뿌리는 벌써 소금기에 젖고
바람 많은 세상을 건너온 사람들이
남루한 날갯죽지를 겨드랑이에 숨기고 수평선 가까이 가서
눕는다
오래 떠돈 깊이만큼 그 물살에 가만히 매몰되어 간다
허술한 가슴 밑바닥까지 촉촉하게 젖는다
속살 허벅지에 비린내가 돋치면서 몸을 푸는 바람
순간 숲과 계곡에 슬그머니 번지는 환한 물살
조금씩, 한없이 격렬하게, 밀려드는 저 붉고 환한 물살
하늘 갈피마다 숨어있던 햇살이 굳게 닫힌 수평선을 연다
눈 감지 마라,
수만 마리의 고기떼가 허공을 물들이며 건너오고 있다
괭이갈매기들은 주둥이마다 붉은 물을 토해내고
열 마리씩, 혹은 스무 마리씩 무더기로 퉁겨 올라
허공의 물살을, 가로 세로로 붉게 가르고 있다
바다가 젖고, 해안선과 마애불 이마가 젖는다
사방에서 눈 뜨는 꽃, 나무, 바위, 밝은 그림자들

문득 길 없는 길이 수평으로 수직으로 뚫리며
하늘 한복판이 뭉클, 붉게, 솟구치고 있다

감은사지感恩寺址
— 경주 시편 · 7

밤 한때를 보내기엔 이곳이 딱 좋다
오랜 내력의 버려진 돌들이 있고
풀잎들이 바람을 견디며 일가를 이룬 곳
보름달이 뜨기 전,
삼층석탑의 실루엣을 보는 일이란
어둠속에서 환한 빛살을 넘보는 일이고
바람이 차가운 소금기를 몰아오지만
탑을 도는 일 외엔 아무 것도 생각할 수가 없다
문득, 마음속으로 피리소리를 들은 듯하다
만파식적, 가슴 밑바닥을 훔치는 소리
바람소리처럼 웅웅 들려오고 있었다, 때론
비 내리는 소리로, 비가 그치는 소리로
파도는 가라앉고 바람도 그치고
오로지 풀벌레울음으로 일어서고 있었다
이윽고 달이 떠오르고 모든 것이 우물처럼 깊어졌는지
답 정수리가 부드럽게 반들거렸다
피뢰침 끝으로 크고 작은 별들이 와서 앉는 풍경
컹컹 짖던 마을의 개들도 지쳐 잠드는 시간,

달빛 속에 탑의 전신이 깨어나고 있었다
저 장대한 몸은 생각이 무척 깊어 보였다
그 몸에 기대어 천년을 부대껴온
질경이, 민들레, 며느리밥풀, 이질풀들……
흔들리며 사는 법을 모두 바람으로 터득하고 있다
본존불 근엄하게 앉았던 금당 밑
바다를 열고 내왕하던 비밀의 문은 어디쯤 있나
죽어서도 용이 되어 나라를 지키겠다는
대왕의 형형한 말씀은 어디에도 없는데
마른 풀들만 바람 앞에 통째로 머리를 내어놓는다
오랜 내력으로 누운 주춧돌과 주춧돌 사이
보름달이 쓰다듬는 천년은 여전히 금빛이다

대왕암 근처
— 경주 시편 · 8

입 앙다문 몸에 붙어있던 따개비들을
갑옷처럼 두르고 천년이 흐르는 사이
파도는 늘 눈을 뜨고 궁궐을 지켜왔다

미역 다시마가 하느작거리는
굳게 닫힌 돌문은 종일 귀를 닫고
흰 포말의 바다가 들려주는 소리를 듣지 않는다

어느 여름 어디선가 밀려온 나무판자가
깊이 잠든 대왕의 귀를 흔들어댔지만
단단히 잠긴 어둠이 가득 찬 저 궁궐 속
조금씩 살들이 닳아지며 벽이 허물어지고 있을
저 바위 속의 깊은 방, 나무관 하나 없는

물고기들의 놀이터가 되거나
멍게 해삼들이 기거할 몇 개의 집도 하사할
엽록의 수초들이 하늘거리고 있는 자리
따개비 가득 붙은 널따란 석관은

이젠 파도의 입, 바다의 귀다

오래 굳은 달팽이관을 열고
캄캄한 세상 속을 떠돌고 있지만
말발굽 소리 감포 앞바다를 흔들면
천년바위 문을 열고 움찔 몸 솟구칠 것이다

포석정의 가을
— 경주 시편 · 9

땡볕에 태운 돌부리가 점점 물 그늘에 깊어지고 있다
낮달 눈썹 두어 낱이 한 시오리 눈물 머금은 바람으로 떠돈다
서라벌 환히 물살 지우던 풍악소리는 어디쯤 묻혀있을까,
가을이다, 모든 것이 제 무게에 겨워 고개 숙이는
베짱이와 여치, 풀무치울음만 마른 물길에 잦아들었다
천년 물길 흐르게 했던 얼굴들은 흔적조차 없다
모든 것이 가라앉은 고랑 언저리, 마른 이끼만 바람을 탄다

그대는 죽어 말이 없고 나는 살아서 말을 잃는다
나는, 내 속의 사내에게 잔을 건넨다
이랑과 고랑 사이, 물길 넘치게 노래를 흘려보낸다
서라벌 하늘 쩡쩡 울리던 말발굽 소리는 어디 있는가,
잔 하나 띄워 권할 이 없는, 시 한 수 화답할 이 없는
차가운 달빛만 돌을 적시는 이 고요 속의 적막
풀벌레들만 돌 속에 숨어 이 밤 아쟁을 켜고 있다

바람은

날마다 무지갯빛입니다
바람은 마음의 풍경 소리로 달랑거립니다

곰팡이 핀 벽과
좀 벌레가 우글거리는 나의 우체통
아직은 무지갯빛입니다

고지서에 적힌 숫자보다 크고 파랗게
조간에 실린 어느 가장의 자살보다 빨갛게
늦게 도착한 문학잡지보다 노랗게

날마다 불어오는 바람은
아직은 수신인 불명으로 반송되어오는
우표 속 잊힌 이름보다 캄캄합니다

그래도
내 마음속 풍경으로 달랑거리는,

꿀밤

도토리 떫은맛을 종일 우려낸
꿀밤을 먹다가
그만 울컥, 가슴이 먹먹해진다

눈 펑펑 내리는 날이면
가마솥 아궁이에 군불 지피고
저녁까지 도토리 떫은맛을 우려내시던
어머니, 거기 양대콩* 으깨어
꿀밤을 만들어 주시던 어머니

그 시절의 가난도 없이
오늘을 사는 아이들이 참 부럽다

* 꿀밤 : 도토리를 끓여 떫은맛을 우려낸 다음 으깨어 먹는 밥. 경북 사투리.
* 양대콩 : '강낭콩'의 방언(경북).

104

푸르른 날

세 돌 지난 손녀와 놀러 갔습니다
펜션 구석구석 웃음꽃이 핍니다

밥주걱 하나로 한나절을 놀고
커다란 양푼이 북이 되어 울리는,

강아지풀과 또 한나절을 뛰어다니며
바랭이와 서툰 말을 주고받기도 합니다

수돗물보다 더 맑게 솟아나는
천진한 웃음꽃을 마당에 뿌리기도 합니다

감자 삶고 옥수수 찌고
삼겹살 굽는 모처럼 환한 날입니다

내 시에 대한 몇 가지 변명

임 동 윤

내 시에 대한 몇 가지 변명

임 동 윤

1.

열여섯 번째 시집 『고요의 냄새』를 펴낸다. 좀 더 참신한 언어
와 새로운 형식의 시집을 선보이려고 했으나 나의 게으름 탓인
지 호락호락하지 않았다. 다만, 자본주의 세계에서 모든 자유
를 박탈당한 부재의 현실을 담아내고자 한 뜻이 조금이라도 전
달되었으면 좋겠다.

이젠 모두 떠나 거미와 바람만 주인이 된 고향, 내 밖의 집은

허물어지고 내 안의 집도 없는 영혼의 무숙자, 익명의 가출인,
어머니에 대한 연민 등등… 스산한 형상으로 가득한 어린 날의
풍경 속에서 나는 따뜻한 바깥을 늘 그리워하게 된다. 아래 작
품들은 어머니에 대한 상처투성이 사랑이다.

하늘로 솟구치기 위한
저것은, 나무가 흘리는 피

물 한 모금 찾아
바닥으로 촉수를 내리는
목마름과 비바람을 몸으로 견디는
몸 깊은 곳 알록달록 문신을 새기는

저것은, 어머니의 정갈한 피
종아리마다 검붉게 부풀어 오르던
우리 육 남매가 빨아먹은 피
눈 밑 퍼렇게 문신으로 새겨졌던

검버섯 허공에 핀 굴피나무처럼
저것은, 하나의 열매를 위한
나무가 흘리는 피
내가 빨아먹고 산 어머니의 피

—「송진」 전문

온몸 찢기도록 자갈밭을 고르고
지느러미 넝마 되도록 누울 자리 고르는,
제 몸 갈가리 찢긴 것도 돌보지 않고
자갈밭 길 배를 깔고 올라가는 연어들

저들을 볼 때마다 국망봉 산기슭에 터를 잡은
그렁그렁 눈물 흘리는 어머니가 보인다
꼬물거리는 자식들 거두느라고
거친 물살 거슬러 오른 어머니의 끝이 보인다

턱 돌아가도록 몸부림친 상처투성이 몸
또 다른 물고기의 먹이로 뜯어 먹힐 때까지
물보라에 둥둥 배 까뒤집고 죽는
성한 몸이 없이 텅텅, 끝장이 나는 몸

곡 해줄 자식 하나 없이도
먼 강물 속으로 둥둥 떠내려가는
혹은 바닥으로 가라앉는 어미의 최후

— 「고요의 바닥」 전문

위의 시편은 모두 어머니에 대한 풍경화이다. 고단한 삶과 겹
쳐지기에 그만큼 스산하다. 시 속에 스며 있는 미세한 감정의

떨림은 '단호한 비명' 이거나 '불안한 눈빛' 이다. 잊을 수 없는 연민은 적막감을 지니지만 바라보는 시선은 아주 절망적이지는 않다. 이른바 반투명의 그늘이다. 가르랑거리는 그 숨결의 안타까움을 나는 오늘도 애정 어린 목소리로 형상화하고자 하는 것이다.

이렇듯 나의 시는 절망과의 싸움이고 허무에서 벗어나려는 몸부림일 것이다. 가난한 가족사와 그로부터 빚어진 절망의 비망록, 혹은 일상의 권태와 허무에의 각서일지도 모르겠다. 그만큼 나의 시는 고독과 허무, 절망과 시련으로부터 일어서려는 생의 극복이다. 다시 말해 나의 시는 인간다운 삶을 성취해내려는 희망의 한 양식으로 단단하게 뿌리는 박혀 있다. 이런 것들이 나를 붙들고 있는 시의 힘, 그 뼈대를 이루는 근본 축이라 할 것이다.

그래서 내가 동경하는 바깥은 늘 고요하다. 아니, 따뜻한 숨결을 지닌다. 변두리는 몹시 춥지만 내가 바라보는 바깥 풍경은 중심에서 밀려나 있기에 그만큼 인간적이다. 거기, 내가 소망하는 삶이 고스란히 녹아있다. 어두울 시간인데도 좀처럼 어두워지지 않는 저녁처럼 거기엔 '형형한 그리움' 이 묻어 있다고 절실하게 믿어보는 것이다.

2.

가끔 나더러 '왜, 시를 쓰느냐?'고 묻는 사람이 있다. 그럴 때 나는 무척 곤혹스럽다. 대답을 안 할 수가 없어서 곰곰이 생각하다가 '내가 살기 위해서 시를 쓴다'고 불쑥 말하곤 한다. 그런데도 그는 잘 모르겠다는 듯이 다시 묻는다. '시가 돈이 되고 밥이 되느냐?'고. 그럴 때 나는 또 대답한다. '내 정신의 밥이 곧 시'라고 말이다. 그렇다. 하얀 쌀밥은 사람들의 배를 부르게 하지만, 시는 '정신을 살찌우는 나의 밥'이기 때문이다. 한 편의 시를 가슴에 넣고 하루를 너끈히 살아가는 시인도 있다고 한다. 그리고 또 한 편의 좋은 시를 가슴에 품고 평생을 그 향기에 취해 풍요롭게 살아가는 시인도 있다고 들었다.

이렇게 볼 때, 시를 쓰는 행위는 어쩌면 구원의 한 의식인지도 모르겠다. 한 끼 밥은 굶을 수 있어도 나에겐 정신의 허기가 참을 수 없다고 여겨진다. 시가 없는 삶이란 나를 황폐하게 만들기 때문이다. 따라서 시가 '밥의 길'로 이어지지 않는다고 해도 시로써 '배가 부르는 시인'은 분명 있을 것이다.

일찍이 니체는 '좋은 글은 피의 여로를 거쳐야 하며, 피로 쓴 글만이 진실하다.'고 말한 바 있다. 그리고 불멸의 명작을 남긴 플로베르도 글쓰기의 어려움을 가리켜, '내 심장과 두뇌를 짜서 그걸 고갈시키는 과정이며, 한마디의 말을 찾기 위해서 종일 내

머리를 쥐어짰다.' 라고 말한 바 있다. 그만큼 글쓰기가 어렵고 고통스럽다는 걸 나타내는 말들이다.

이렇게 시는 피를 짜내는 고통이 있어야만 탄생하는 것이다. 그렇다고 위대한 시, 훌륭한 시, 좋은 시가 태어나는 것도 아닌데 말이다. 결국 어떤 시를 몇 편 만드느냐의 문제가 아니라 어떻게 시를 쓰느냐가 더 중요한 일인지도 모르겠다. 그런데 요즘 컴퓨터를 이용해 시를 쓰는 일이 많아졌는데, 막상 컴퓨터 앞에 앉으면 모니터의 깜박이는 커서가 '빨리 써, 빨리!' 하고 나를 막 보채곤 한다. 그러나 시의 첫 행조차 쉽게 시작할 수 없어서 나는 늘 막막하고 불안하다. 어쩌면 저 아득히 높은 벼랑 끝에 내몰린 기분이라고나 할까. 그래서 그 벼랑에서 떨어지지 않으려고 날마다 안간힘을 쓴다. 그것도 아주 처절하게.

멀지만 아주 가깝게
그대를 바라보는 아주 간절한 마음이
비와 눈보라에도
어느 깃털 하나 흔들리지 않는다면
그건 저 별과 같은 것
바라볼수록 더욱 가깝게
떨리는 마음의 그 흔들림마저
속절없이 강물로 저물 때
그대와 나

별이라 부를 수 있을까 몰라

　　　　　　—「별」 전문

　별을 그리워하는 일처럼 시를 쓴다는 행위는 허황한 일일지
도 모른다. 그러나 구원의 한 양식인 것만은 분명하다. 허물 벗
는 고통 없이 어찌 시를 쓸 수 있을까? 그래서 나는 내 시에 대
해서 치열해지자고 오늘도 부단히 노력하고 있다. 이 치열함이
야말로 새로운 삶의 기폭제가 되기 때문이다. 이 치열한 깨우침
이 시를 쓰게 만들면서 동시에 정신의 밥을 제공하는 동인으로
작용한다. 잘 산다는 것은, 우리 시인에겐 시로 된 정신의 밥을
제대로 먹으면서 살아야 비로소 잘 사는 것이라 여겨진다.

　3.

　나는 사물에 대한 되도록 따뜻하고 밝은 눈을 가지고 싶다.
사물과 자아 사이의 오랜 친화에 온 힘을 쏟아붓고 싶은 것이
다. 그래서 나는 풍경 혹은 환경에 현란한 수사 없이 그 존재가
치를 짚어보고 그 대상으로부터 낮은 소리를 듣고 싶어 하는
것이다. 작고 버려진 것들은 많은 시인이 누구나 즐겨 노래하는

영원한 소재다. 그런데 내 손끝에서 그들이 힘을 얻고 살아서 이 세상에서 모반을 꿈꾸기를 나는 갈망한다. 봄날 길바닥에 무수히 피어나는 들마꽃, 구둣발에 짓밟히고 납작해진 그 들마꽃을 일으켜 세워 하늘까지 가슴에 품을 수 있도록 나는 만들고 싶다.

나는 어둠 속에서 빛을 보고 빛 속에서 어둠을 보기를 원한다. 모든 것이 잠든 밤에는 더욱 고요한 어둠을 본다. 이렇듯 나의 응시는 정지된 시간의 응시가 아니라 계속 흘러가는 시간 속의 응시다. 그러므로 내 눈은 유년에서 지금까지 끊임없이 움직이고 있다고 보아야 할 것이다. 내 응시가 고통스런 시간의 끝을 향해서 간다고 본다면 분명 내 눈은 나에겐 깊은 아픔일수 있다. 자연 속에서도 내가 바라보는 어둠과 빛, 자연에 통하여 길을 찾는 나는 순수한 존재로서의 한 시인의 모습으로 남고 싶다. 그것이 비록 남 보기에는 그만큼 처연해 보일지라도.

4.

3년째 이어지는 코로나는 소상공인들과 자영업자들을 길거리로 내몰았다. 일용직마저 잃어버린 사람들이 고통 속에서 하루하루를 보내고 있다. 그 때문일까, 봄인데도 정체를 알 수 없는 불안감으로 나 또한 깊이 잠들지 못하고 지낸다.

그런데 어김없이 4월은 찾아와 나를 아프게 한다. 세월호 사건이 일어난 지 8년이 지나가고 있다. 그러던 어느 밤, 설핏 잠결에 무슨 소리가 난 듯하여 눈을 떴다. 시계는 새벽 1시를 가리키고 있었다. 사위가 죽은 듯이 고요한데, 그 정적을 으깨며 무엇인가가 똑똑 떨어지는 소리가 들리고 있었다. 똑똑 일정한 간격으로 떨어지는 저 소리. 과연 저 소리의 정체는 무엇이며 또 저 소리의 근원지는 어디일까 무척 궁금하여 자리를 털고 일어났다.

그리고 나는 곧 그 소리의 정체를 확인할 수 있었다. 그것은 주방의 개수대에서 물방울이 떨어지는 소리였다. 고무바킹이 헐거워진 수도꼭지 끝에서 물의 압력을 견디지 못하고 새어 나오는 물이 꼭지 끝에 고여 있다가 떨어지는 소리였다.

물방울 떨어지는 소리가 한밤의 고요를 흔들어댔다. 그 소리에 나는 알 수 없는 불안감에 휩싸였다. 저 녹슨 수도꼭지 속의 헐거워진 고무처럼 세월호도 바닥에 구멍 뚫려 가라앉았다는 생각이 불현듯 뇌리를 스쳤다. 그 밤에 나는 주방과 거실의 등이란 등에 모두 불을 밝히고 단숨에 아래와 같은 시를 썼다.

한 포기 풀꽃으로 나는 울었다
그 바다에서 들려오는 울음 때문에
밤늦도록 흔들흔들 모로 누워서 울었다

부를 수 없는 이름이어서 울었다
만날 수 없는 얼굴이어서 울었다

어제는 비에 젖어 울다가
오늘은 바람 불고 더욱 서러워져서 울었다
내일은 흔들흔들 가슴 저미며 울 것이다

물봉선으로 울고 큰방가지똥으로 울 것이다
개불알꽃으로도 현호색으로도 울 것이다

샐비어같이 붉디붉은 4월
풀꽃이 풀꽃에 기대어 스스로 울듯이
바다는 아침까지 해와 달을 부르며 울고
마냥 아픈 나는 한 달 내내 울었다

— 『다시, 4월』 전문

한마디로 시를 쓴다는 일은 피를 말리는 일이다. 단 한 줄의
시를 쓰기 위해서 밤을 지새기도 하고 단 한 마디의 단어를 찾
기 위해 몇날 며칠을 보내기도 한다. 그러나 단 한 줄의 시도 쓰
지 못할 때가 더 많다.

그러나 나는 시를 쉽게 쓰고 싶다. 한 폭의 그림을 그리듯

시를 쓰고 싶다. 수채화 그리듯 눈 감고도 그 정경과 분위기를 표현하고 싶다. 예를 들면 「겨울」이라는 분위기를 살리기 위해 나는 많은 언어를 동원한다. 함박눈과 얼음과 눈보라를 동원한다. 마른 나뭇가지와 그 가지 끝을 흔드는 세찬 바람을 동원한다.

한 편의 감동을 주는 시란 도대체 무엇일까? 시에서 그 시를 쓴 시인의 아픈 삶이 그대로 녹아있어야 감동을 줄 수 있다고 확신한다. 가슴으로 쓴 시, 즉 시의 진정성이 곧 감동으로 연결된다고 믿는 것이다.

궁극적으로 얘기를 하자면 나는 내 시에서 원형적 서정성을 잃지 않으려고 애쓴다. 따라서 뿌리 뽑힌 것들, 작은 것들, 혹은 버려진 것들에 대한 아픈 성찰이다. 사물과 인간의 관계를 통해서 빚어지는 고달픔과 힘겨움을 분노나 적의로 해석하기보다는 그 고통을 육화시켜 가만히 속으로 드러내고자 한다. 그래서 나는 한 폭의 수채화 그리듯 아주 낮고 따뜻한 목소리로 모든 것을 근원적으로 노래하고 싶은 것이다.

그러나 아무리 시를 잘 써도 자기 인생이 들어가 있지 않거나, 존재의 가치가 없거나, 현실과 너무 분리되었거나, 음풍명월 吟諷明月만 노래하는 시는 존재가치가 없다고 본다. 어떤 방법을 써도 시가 안 될 때가 있다. 그럴 때는 새벽시장도 가보고 미친 듯이 다녀보라고 권하고 싶다. 낯선 곳도 가보고 어디 가다가 노을을 보고 앉아서 펑펑 울어보기도 하고 나를 자꾸 닦달해야 한다. 고목도 바람이 흔들어주지 않으면 죽는다. 남이 잘 때 잘 것 다 자고 남이 먹는 것은 다 먹고 배가 불러서야 어디 시가 되겠는가?

오관을 가진 우리 시인들이 허물도 하나 벗지 않고 고통도 받지 않고 고뇌도 하지 않으면서 어떻게 어려운 시를 쓸 수 있을까. 그래서 나는 모든 시인이 시에 대해서 더욱 치열해지자고 간곡히 부탁하고 싶다. 이 치열함이 새로운 삶의 기폭제가 된다. 왜냐하면 이 치열한 깨우침이 시를 쓰게 만들면서 동시에 정신의 밥을 제공하기 때문이다. 잘 산다는 것은, 우리 시인에겐 시로 된 정신의 밥을 제대로 먹으면서 살아야 비로소 잘 사는 것이라고 여겨진다.

【날마다 식탁에 오르는 소금 같은 시와소금의 시집들】

소금북 시인선 11

고요의 냄새

ⓒ임동윤, 2022, printed in Seoul, Korea

초판 1쇄 인쇄 2022년 06월 24일
초판 1쇄 발행 2022년 06월 30일

지은이 임동윤
펴낸이 박옥실
디자인 유재미 정지은

펴낸곳 도서출판 소금북
출판등록 2015년 03월 23일 제447호
발행처 강원도 춘천시 행촌로 11, 109-503 (우24454)
편집실 서울시 중구 퇴계로50길 43-7 (우04618)
전화 (070)7535-5084, 휴대폰 010-9263-5084
전자주소 sogeumbook@hanmail.net
ISBN 979-11-91210-06-4 03810

값 10,000원

춘천문화재단

· 이 시집은 춘천문화재단 전문예술지원사업 지원금으로 발간되었습니다.